句集

竹の門

塚本英雄

文學の森

序

石渡　旬

　塚本さんは平成五年より俳句を作り始めている。それも独学である。平成六年、三十六年勤められた東芝を定年退職され、その後、医療機器業界へ出向し十年間過ごされている。本格的に俳句と取り組まれるようになったのは、出向先の先輩石川正治氏の手解きを受けたのが始まりである。暫く仲間内で勉強されていたようだが、更に俳句への向学心が募り、その先輩に話した所、以前、私の講座を受けた事があったという石川氏に「方円」入門を勧められたので入会を申し込まれたと言う。

　奥様を亡くされたのは出向先に勤務していた平成十年のことである。私は、平成七年に家内を亡くしたが、そのどうしようもない喪失感と空白を埋めてくれたものが俳句であったと今でも思っているのだが、次に掲げる塚本さんの句群にも、亡くなられた奥様を詠うことで、徐々に立ち直って行かれたのではないかと思われるような過程が感じ取れる所がある。

極暑なり医師車座に癌告知
夢断たる霜の朝の救急車
モニターの波形みだるる夜寒かな
冬凪に独り身さらす念珠橋
鎮魂の夏草ひとつ摑みけり
天上にとどけ地上の蟬時雨

以上の句は奥様を亡くされる前後の痛哭の作品である。最初の作は、暑い盛りの昼に幾人かの医師に囲まれて、奥様共々癌を知らされたのである。車座にという言葉に、何か死を宣告されたような感じがして、なんとも遣る瀬無いお二人の気持が伝わって来て、胸が締め付けられる思いがする。二句目は、通院治療を続けていたのだが、容態が急変し救急車を呼ぶ事になったのであろう。作者には、奥さんがもう自宅には戻れないという思いがあったのではないか。

モニターの句は、何か切迫した病室の空気が読む人に直接伝わって来るような臨場感のある句になっている。

冬風の句は奥様を亡くされてからのもの。念珠橋と呼ばれる橋は、作者の住む町の近くにあるらしい。現世と黄泉を繋ぐ橋なのであろう。早く奥様を亡くしたという悔恨の思いが伝わる句だ。その様な負の気持は次第に消えて、鎮魂の気持へと変って行く。その後の二句はそれを良く表わしている。

お二人は、退職後の生活について、いろいろと沢山の夢をお持ちになっていたと想像されるが、その夢が果たせなかった事が心残りであったに違いない。

塚本さんには二人の娘さんが居り、二女の方はバイオリニストで、お名前は塚本香央里さんと言い、国内外でご活躍中である。毎年十二月の日曜日に、東京オペラシティ　リサイタルホールで演奏会が催される。私も毎年のように拝聴させて戴いているが、その度に、音域の広がりを感じて、心を豊かにして帰宅するのだが、昨年は私の都合で聞く事が出来なかった。機会があれば今年は何とか時間を作って出掛けたいと思っている。

ビオロンの終音細き聖夜かな

敏捷に靴紐結び入学す

姉の癖余さず覚え進級す

娘さんやお孫さんを詠われた句にこの句集では余りお目に掛からない。しかし、お二人の娘さんは常に、塚本さんに目を配られていて煩い程だと語られていたが、その顔はにこやかであり、良い関係にある事は間違いない。

お孫さんとの交流も旨くいっている様子である。上のお孫さんは今春、桐朋女子高校に入学し、バイオリンの演奏家を目指し、二女は小学六年生で、水泳のジュニア五輪強化選手として活躍中と言われる。

塚本さんの奥様は水泳が得意であったという。塚本さんが五百メートル泳ぐ間に二キロメートルも泳ぐという達者振りで、その血筋は確実にお孫さんに継がれているようだ。

初詣百まで生きて往けさうな

この句は、平成二十五年の作だが、百歳まで行かずともあと十年もすれば、お孫さん達の活躍する姿が見られる事は確実と言ってよい。是非百歳まで生きて貰いたいものである。

塚本さんが今も一人暮らしを続けて居られるのは、ご家族の暖かい監視の眼の中に居られるからであろう。そのことは、亡くなられた奥様を過度に思慕するような句は見当たらず、男らしさを感じさせるクールな詠いっぷりの句が幾つか散見できることからも察しがつく。

亡妻眠る隣の谷の猫柳
深秋の厨に残る料理帳
涼風に十三回忌の木魚の音
ひとりゆく金婚の日の花野かな
宿よ春亡妻購ひし地酒の名

これらの句には饒舌な所は無く、季語に素直に思いを託している。それは重くて深い。一句目、墓参の時の句だが「また春が廻って来たよ」と語りかける言葉が聞こえてきそうだし、次の句の料理帳には奥様が考えられた独自のレシピが手書きで残されていると思うと、一層味わい深い句である事が解って来る。涼風の句には、妻亡き後も、健康に永らえ無事十三回忌を修する事が出来る安堵感のような、余裕とも言える喪主の気持が伝わって来る。

十七回忌も過ぎて今、二十三回忌を修しようとしている作者でもあり、私も其れに似たような境遇にあり共鳴するところが多い。

四句目、塚本さんも私も金婚式を祝う事は出来なかったが、塚本さんは結婚日をしっかり覚えていて、この様な句を作られている。その事にも驚嘆するが、花野という設定が誠にこの内容に相応しく美しい句になっている。

前にクールな詠いっぷりと書かせて戴いたが、時や場所、雰囲気によっては、五句目の作品のように感情が迸る時もある。これは幾年経ても繰り返されるものであり、二人で過ごされた苦楽の日々は決して忘れられるものではない。

初冬の門扉細めに茶の宗家
秋天に三打の鉦や献茶の儀
枝折り戸に竹の門初しぐれ
松風のうなじ越えくる釜始
平棗重く手に取る冬の茶事

一連の掲句は茶事のことを詠まれているが、塚本さんが茶道を始められたのが平成十四年と言われる。会社の先輩である牧野純夫氏の勧めで、同氏の令夫人が家元の石州流野村休盛派（武家茶）に入会されている。初めてお会いした時、何処か身の熟しにそれらしさを感じていたのだが、後に茶道をされている事が解り納得した事であった。この句集の題名にもなっている「竹の門」は〈枝折り戸に竹の門初しぐれ〉より取られたもので、申し分のない題名になっている。茶道と俳句、風雅の道を歩まれる塚本さんである。

夏草を引けばわづかに地の湿り
周一里の仁徳陵や夏落葉

雲の峰艦のマストの黒十字
油照り機銃掃射に伏せし畦
夜泣き石に香煙残る近松忌
それぞれの語る句縁や夏料理
新じやがを食めば屯田兵の味
儲け話みんな断る花粉症
ことごとく羅馬は遺跡鰯雲
復活祭ビッグバンよりヒト生まる
動かねば何も変はらぬ大暑かな

塚本さんが「方円」に入会されたのが平成二十年四月で、俳歴は決して長いとは言えないし、むしろ遅い出発であったと言ってよい。句集を出したいとお話があり選句をさせて戴いたが胸に迫る句、冷静な句、知的な句、情趣豊かな句に会って感動する事がしばしばであった。俳歴などは問題ではない。

平成二十二年の「方円」八月号は、塚本さんが初めて巻頭を取られた記念すべき号であった。〈雲の峰艦のマストの黒十字〉を朝人主宰は、「方円深耕」の中で横須賀港に停泊する艦船を見て抱いたご自分の感慨とを比較して「この作者の思いはもっと強く、雲の峰を背景としたマストの形象を『十字』と観たことだ。十字架には、犠牲として強制される、重い負担の意にも用いられる。この船上の闘いのうしろに印象された重い意味の訴えをこのマストを眺め遣り乍ら下船まで持ち続けた。作者の思いを強く感受した句である」と。この言葉を言い換えれば、眼前の景をどう見たかではなく、どう感じたか、という事になろうか。

塚本さんも私も八十歳の坂を登る身である。生涯に最良の一句を得るために、この道を共に歩いて行きたいものである。

句集『竹の門』の上梓を祝してペンを措きます。

平成二十八年五月

句集　竹の門／目次

序　石渡　旬　1
小さき手帳　平成九年～十八年　15
夏落葉　平成二十年～二十一年　27
黒十字　平成二十二年　53
ペンライト　平成二十三年　75
句縁　平成二十四年　103
富士塚　平成二十五年　123
青田風　平成二十六年　145
春の花　平成二十七年　171
あとがき　195

題字　築地　進
装丁　三宅政吉

句集　竹の門

小さき手帳

「方円」以前

平成九年〜十八年

夕映えの三日月残る別れかな

春日や小さき手帳を句帖とす

ここまでも人住んでゐる梅の里

初音聴く坂ゆるやかに寺の門

年暮れぬ一句とてなき句帖かな

極暑なり医師車座に癌告知

夢断たる霜の朝の救急車

モニターの波形みだるる夜寒かな

冬風に独り身さらす念珠橋

薄氷薄く濁りて谷戸の池

鎮魂の夏草ひとつ摑みけり

天上にとどけ地上の蟬時雨

声高に戦後を語る敬老日

夕闇に牡丹崩るる禅の寺

飴色の父の碁石や秋の風

冬北斗一服の茶をたてまつる

風吹く日写経のごとく賀状書く

母の忌や臘梅一枝揺れ止まず

寒明けて遠く木霊す黄泉の声

足元に土筆ののぞく河津川

夏落葉

平成二十年〜二十一年

菜の花や地平の長き新空港

奥伊豆の婆娑羅峠に花残る

傷癒えし左足より青き踏む

聖五月新任牧師登壇す

桜桃忌一雨に増ゆ水の嵩

夏草を引けばわづかに地の湿り

走馬燈古希過ぎて知る過去のこと
激動の昭和に育ち冷し酒

筆跡の涼し清記の一頁

結界の石据ゑ直す菊日和

冬の蠅塵となりたる書見の間

冬木の芽海へ迫り出す石廊崎

亡妻眠る隣の谷の猫柳

北窓のほうと明るき寒の明

ローマ字の表札ばかり花水木

弔文を外つ国へ出す春の雷

何急ぐことのあらうぞ遍路杖

型どほり捌く袱紗の春深し

リラの雨霞む古城をライン河
土曜日の大路の出店アイス売り

ご詠歌衆音声青葉まつりより

手に取りしレクラム文庫鷗外忌

周一里の仁徳陵や夏落葉

牛蛙われのしくじり知つてをり

一木に翅透きとほる唖の蟬

蔓草の伸びきつてより茂りけり

壕ありし地の草を引く終戦忌

見えぬ糸曳きて離るる桐一葉

秋すずめ一茶の句碑のくづし文字

秋袷卒寿の人の怒り肩

けふひとつ為すことのあり柿日和

一枝を小鳥のために残しけり

鎮魂碑チロルの里の大花野

大徳寺釣瓶に汲みし秋の水

燈火親し例句に林火とわが師の名

深秋の厨に残る料理帳

急坂の河津七滝水の秋

細道の天城隧道風芒

初冬の亜炭にほひし北の古都

冬暁の声明低く誦し始む

上弦の冬月しんと高野槙

凍星の真下波切不動尊

深海の魚信幽かに開高忌

地に積り地の色になる落葉かな

小猿にも狒狒のたてがみ寒椿

ビオロンの終音細き聖夜かな

年惜しむ竹串長き五平餅

遠き道一燈照らす寅彦忌

黒十字

平成二十二年

隣人に出会ふ二日の赤ポスト

雑巾の針目ぴしりと寒に入る

読初めの吉村昭俳句話集

註＝原本は『炎天』筑摩書房刊

丹の橋に倚ればば寄りくる春の鯉

蓋洩るる湯気の細りも二月かな

せせらぎの半音上がる谷戸の春

木の芽風狛犬毬を踏まへをり

沈丁花古き記憶の手紙束

初桜大曲りして広瀬川

甲冑も袱紗も小ぶり黄水仙

本丸へ影先に行く花の坂

朝風呂に雉の声聞くクラス会

雲の峰艦のマストの黒十字

咲初めて白ばかりなる四葩かな

薫風や紀州青石生駒石

斎田へ水を引きやる蓮の花

予科練生の教科書薄し蟻の塔

梅雨の明なほ雲低き相模灘

油照り機銃掃射に伏せし畦

ふるさとや影濃き夏の松並木

涼風に十三回忌の木魚の音

能舞台ゆるりと蟬の鳴き出しぬ

キャンパスの残暑に黙す時計台
湧き出づる源流を引く沢胡桃

秋の雲時計台ある研究所

学食は総ガラス張り今年米

くつきりと秋分の日や名の木濃し

鷹渡る貌を引き締む政宗公

野仏の御手にこぼるる一葉かな

色変へぬ松広々と禁裏まで

白帝や野ざらし紀行の句碑ふたつ
もぎ取りし醜の蜜柑のほの甘き

落柿舎の芭蕉句碑より時雨れけり

初冬の門扉細めに茶の宗家

寒卵割つて分けたる寮仲間

吟行へ明日早立ちの冬銀河

保津川の堰かれて白き寒桜

ペンライト

平成二十三年

本棚の著者も古りたり去年今年

人日や周章といふ老いのあり

清貧のほどよき隙間福寿草

ラッシュアワー抜けて梅見の人となる

緑萼梅枝に雫のうすみどり

臥竜梅哀史を刻む苔の襞

碧眼のまじる梅見の静かなる
ハイウェー梅の岬の海碧き

白梅や開化の哀史地に刻む

肩の手に席譲らるる風生忌

梅まつり小鉢の多き陶器店

パンダ舎も春の普請の上野山

長く曳く飛行機雲や空襲忌

春疾風大津波告ぐカーラジオ

大地震に落ちし地球儀花冷ゆる

春寒の蠟燭捜すペンライト

地変の闇クルスの燭台春朧

遠雪崩カセット焜炉蒼く点く

終の地と蒼き石置く黄水仙

ものの芽に微風の通ふ裏鬼門

敏捷に靴紐結び入学す

鈴蘭や暁に開く庫裏の木戸

人まばら竹炭販ぐ夏薊

施薬寺の水浄らかに新樹光

早苗田の影うつくしき宮津かな

水木咲く舟屋へ赤紙来しことも

少年のヨット傾ぎて烏帽子岩

鎮魂のみちのく遠し花樗

歩道なき川和街道片かげり

蝸牛酒蔵残る川和宿

青時雨御幸の道の仄明り
ふるさとや市歌のチャイムに夏燈す

失せものの二つ現る大暑かな

托鉢の振鈴細る大暑かな

軽々と踏ん張つてゐるあめんばう

立秋や結界までの草毟る

螻蛄鳴くや初段まではと趣味幾つ

寺家の森へ団栗数多風の道

ひとりゆく金婚の日の花野かな

庭祠閻魔蟋蟀祖を守る

武士の貌して炒らる蝗かな

雨意兆す京に朽ちたる鹿威

銀杏散る村社に隣る禰宜の家

分度守る墓に影さす尊徳忌

初冬の汐汲坂に追ひ越さる

冬雲や死因を刻む外人墓地

寒椿偲びて飾る師の色紙

港向く花柊の公使館

極月の蛇籠の瘦せも大井川

句縁

平成二十四年

真筆の撥ね高々と初日影

寒の入り包丁おそれ火を畏れ

山門の茅葺厚し寒の明

寺領畑に玉縄桜育ちをり

裏鬼門密に五弁の木瓜の花

谷戸道の尽きて小沼の薄氷

土とばす朝の調教初桜

ローマ字の悲しき日記啄木忌

豊顕寺のポンプ溢るる春の水

山ざくら端よりほぐれ峡の月

万緑や黒曜石のはせを句碑

復元の土器に影ある登呂の夏

それぞれの語る句縁や夏料理

ほととぎす天狗は重き下駄を履き

日盛の初動の勁き馬車鉄道

新じやがを食めば屯田兵の味

本流に挑む少年夏旺ん

成敗のごきぶり掃ふ夜の静寂

かなかなや和尚睡らす寺の午後

家刀自の掃き寄す色香酔芙蓉

目の底を覗かれてをり秋暑し

小流れの出合に白き萩の花

奥大井の三川濁る野分後
西岸を埋め尽して曼珠沙華

祭法被正しく畳む秋の夜半

ふるさとの山みな丸き良夜かな

色変へぬ大王松の母校かな

秋天に三打の鉦や献茶の儀

白髪をいただきて訪ふ菊花展

丹沢に冬来る村社土俵跡

枝折り戸に竹の閂初しぐれ

片時雨水脈消して二羽流れゆく

時雨るるやあなたとだけの願ひ札

夜泣き石に香煙残る近松忌

運弓に師の指づかひ冬薔薇

乗り越して二タ駅戻る年の暮

富士塚

平成二十五年

初詣百まで生きて往けさうな

切り岸に沿ふ本流の淑気かな

レクイエムの重唱長し寒明くる

尋ぬれば梅一輪の本富士署

春嵐目深にかむるチロル帽

棚霞波なき沖の通ひ船

花屑の転がつて来る通学路

姉の癖余さず覚え進級す

富士塚の遥かに富士や桜桃忌

万緑や木々の間合の狭まりぬ

萱厚き如来堂奥紅の蓮

晴れてくる予感のありて梅雨吟行

くつきりと四葩の青や師弟句碑

梅雨明や大物容るる洗濯機

七月の友の名刻む鎮魂碑

夕端居世界の時局聞いてをり

松原や護岸の石の灼けてをり

国民学校死語となりたる文月かな

築百年大黒柱の月明り

青天の正午の時報終戦忌

区境に萩の小花や稲荷道

痩身を風に晒して秋の蛇

蹲の柄杓に浄き秋の水

島田宿大井神社大祭　三句

豊の秋大奴《やっこ》の太刀の帯美しき

金秋や東くだりの笛冴ゆる

大天狗ゆつくり回る秋大祭

この先に学習田や秋茜

秋風や結界の竹青きまま

燈火親し携帯ルーペにＬＥＤ

竜田川出合の秋の水静か

竹籠を千鳥に編んで秋惜しむ

身に入むや又幕引の同期会

木枯しや乾びてひとつ土竜塚

音もなくしぐるる大河長き橋

やはらかき冬日を背ナに童子像

倫敦のメトロは狭し漱石忌

プリズムの光る粒子や寅彦忌

青田風

平成二十六年

文机に硯を据ゑる二日かな

初鏡踏み締む力溜めてをり

門燈を消して仄かな雪明り

雪霏々と生活の道の幅一尺

スコップの先のコバルト雪の芯

森を透く日暈のにじむ春隣

練香の満ちて静かや寒椿

待春の腕組解く名の木かな

轍あと乱れて光る寒の明

春立つや真つすぐ伸びる谷戸の尾根

森の春ひとり歩めばまた一人

残る実の無残や斑雪失せて

大桜今が見頃と駅案内

二タ筋を堰かれてゆるむ春の川

水神の水面に踊る小米花

賜りし夏みかん五顆持ち重り

儲け話みんな断る花粉症

初蝶や句帖にとまり翅たたむ

合唱の力に満ちてイースター

次世代の育つ足音昭和の日

プラシーボか一錠増えて春闌ける

薫風に兜の光る騎馬合戦

青田風犬山線は鉦で発つ

万緑や天守にあそぶ遊び石

閑古鳥岬へ曲る榑階段

巴里祭カジノの小金残りたる

草庵の水屋に棲みて蟻百足

捩花や揺るるテンポに咲きのぼる

南風や指揮六十年の大合唱

少年の球種は三つ雲の峰

梅雨晴れて最長老来る職場会

体育の実技は水府のし泳ぎ

雲の峰球児腹より滑り込む

身ほとりの簡素の形夏点前

駅裏に学童疎開の萩の寺

久闊の碁敵変はらず秋涼し

回村の大きな歩幅尊徳忌
ことごとく羅馬は遺跡鰯雲

団栗を手に盛る杣の分かれ道

普段着におろして軽き革ジャンパー

吟行の弁当ひろぐ朝人忌

池小春甲羅を干して寿

絨毯を順目に拭ひ年用意

八つ手咲く一菜ながら厨事

冬麗や五つに畳む軽き杖

初雪や校歌をうたふ傘寿の賀

春の花

平成二十七年

失せ物の失せたるままに去年今年

恙なきわれここに在り初日の出

松風のうなじ越えくる釜始

ふるさとの賤が伏屋も初御空

初便り傘寿の力集めけり

盛装にデイサービスや松の内

笛方の笛一文字雛の夜

春泥や三和土に遺る父の杖

ふるさとは昭和の暮らし花菜漬

小流れに堰多き里梅真白

源流の一ト筋光る梅の谷戸

花の宿山盛りにして海の幸

百残り九十九捨つる万愚節

復活祭ビッグバンよりヒト生まる

会津　三句

よつてがつしよ待ちかねて咲く春の花

洞門を抜けてさ走る雪解水

宿よ春亡妻購ひし地酒の名

幣を振る禰宜に力や山笑ふ

戸隠の太々神楽

皺《しわ》尉《じよう》の足摺長き養花天

紅白のキメラの躑躅昼を咲く

点滅を川面に燈す恋蛍

騎馬戦や福祉席より夏の蝶

庭祠翳深くなる梅雨の底

梅雨晴間溜めし写真の山崩す

賜りし伽羅蕗ほろと祖母の味

オペラ座の奈落は深し巴里祭

栴檀の日陰ひろびろ心太

動かねば何も変はらぬ大暑かな

ギヤマンの大鉢を据ゑ武家点前

夏惜しむ濡れて届きし句稿かな

縁側に足の爪切る終戦忌
いつぱいに日程を埋め秋高し

昨夜の雨豊かに実る青蜜柑

時雨るるや少年老いて伊豆の宿

冬吟行小さく重き荷を背負ひ

砲台は古人の背丈落葉積む

父祖の地や無音詫びつつ枯木伐る

平棗重く手に取る冬の茶事

開戦の記憶のマーチ冬北斗

エゲレスに騎士道ありぬ漱石忌

二の堰に水の出合ひし冬の音

炭竈の火口閉ざして谷戸眠る

あとがき

石渡旬主宰の身に余る「序文」の玉稿を拝受して、私が「方円」に入会（平成二十年四月）する切っ掛けとなった先輩の石川正治氏と旬先生との出合を記したい。

それは、第一回の横浜市都筑区老連、「俳句の集い」のことである。いま手元に第二回「俳句の集い」の開催記録があり、平成二十年十一月十二日開催とある。つまり平成十九年の秋に、第一回の集いが開催され、石川氏が提出した一句に、旬先生が見事なご指導をされたので、石川氏は、旬先生に強い影響を受け魅了されたのである。

因みに、石川氏は大正十四年生まれ、晩学ではあったが「裸子」同人、読売俳壇の森澄雄選に、平成四年～十六年、百十六句（内、一席十句、二席五句、三席十五句）を獲得された。句集『黄落』平成十六年裸子社刊（非売品）がある。

私は定年退職後、細々と自力で句作を続け、平成十八年に、石川氏の勧めで五十句の句集『小さき手帳』を自製した。そして、以後、五七五の不思議な魅力に取り付かれ、石川氏の電話によるご指導を頂いた。それは、「俳句は人柄があらわれるから、人を磨きなさい」ということであった。隔月に開催される職場ＯＢ会は、牧野純夫氏がリーダーで文集を編集したりして今となっては貴重な記録が残されている。そのような環境で、ある夜、石川氏より弾んだ声で電話があった。「素晴らしい先生を見つけたよ。しかも地元の方だ」。こうして私の中山句会での句主宰とのご縁が結ばれ、句友との楽しい交流に恵まれ、私の俳句が始まった。

以来、私は、ともかく身近な句会、吟行、そして全国大会等の催行の現場に立ち、何かを感じ取れれば、何時の日か俳句になって戻って来る（これは句先生の教えである）を信じ句作に精勤したのだった。

傘寿を迎えて、念願の句集制作を句主宰にご相談し、今回の上梓となった。

いま感謝で一杯である。郷里の古人に連歌師宗長がいる。「急がば回れ」は彼の言だという。これからは、立ち止まり凝視する時間を豊かにして、句先生の云われる生涯最良の句を目指し努力を重ねてゆきたい。俳句の道は果てしない旅。皆様、どうぞ宜しくお願いします。

題字は学校の大先輩、築地進画伯にお願いしました。厚くお礼申し上げます。「文學の森」の皆様にはたいへんお世話になりました。有難うございます。

塚本英雄

平成二十八年六月

著者略歴

塚本英雄（つかもと・ひでお）

昭和９年11月27日　静岡県志太郡島田町生まれ
（現、静岡県島田市）
平成20年　「方円」入会、中戸川朝人に師事
平成23年　朝人逝去、石渡旬に師事
平成25年　「方円」同人
俳人協会会員

現住所　〒226-0015
神奈川県横浜市緑区三保町1467-76

句集　竹《たけ》の閂《かんぬき》

発　行　平成二十八年八月二十五日
著　者　塚本英雄
発行者　大山基利
発行所　株式会社　文學の森
〒一六九-〇〇七五
東京都新宿区高田馬場二-一-二　田島ビル八階
tel 03-5292-9188　fax 03-5292-9199
e-mail mori@bungak.com
ホームページ http://www.bungak.com
印刷・製本　潮　貞男

ISBN978-4-86438-556-5　C0092